ANIMALES DE LA PREHISTORIA

MAMUT LANUDO

MAMMUTHUS

ILUSTRACIONES DE ALESSANDRO POLUZZI

Historias
gráficas

MAMUT LANUDO (MAMMUTHUS)

Título original: *Woolly Mammoth (Mammuthus)*

© 2017 David West Children's Books

© 2017 Gary Jeffers (texto y diseño)
© 2017 Alessandro Poluzzi(ilustraciones)

Diseñado y producido por David West Children's Books,
6 Princeton Court 55 Felsham Road, Londres, SW15 1AZ

Traducción: Alfredo Romero

D.R. © Editorial Océano, S.L.
Milanesat 21-23, Edificio Océano
08017 Barcelona, España
www.oceano.com

D.R. © Editorial Océano de México, S.A. de C.V.
Eugenio Sue 55, Polanco Chapultepec
Miguel Hidalgo, 11560, Ciudad de México
www.oceano.mx
www.oceanotravesia.mx

Primera edición: 2018

ISBN: 978-607-527-431-7
Depósito legal: B-7581-2018

CONTENIDO

¿QUÉ ES UN MAMUT LANUDO?

TODOS LOS MAMUTS PERTENECEN AL GÉNERO *MAMMUTHUS*

Los mamuts lanudos vivieron entre 200 000 y 4 000 años atrás, durante los **periodos Pleistoceno** y **Holoceno.** En América del Norte, el norte de Europa y Asia se han encontrado **momias** y fósiles de su esqueleto (ve la página 22).

Tenía dientes grandes: dos juegos de **molares** y dos incisivos que formaban grandes colmillos curvos que lo ayudaban a equilibrar su enorme peso.

Con sus colmillos despejaba la nieve del suelo para alimentarse, arracaba la corteza de los árboles y se defendía de los **depredadores.**

Almacenaba grasa en una joroba sobre sus hombros; le ayudaba a sobrevivir en los inviernos difíciles.

En la punta de su trompa tenía dos "dedos" capaces de arrancar pasto y otras plantas.

MAMMUTHUS PRIMIGENIUS (PRIMER MAMUT) MEDÍA HASTA 4 METROS DE ALTURA Y PESABA CASI 6 TONELADAS. LOS COLMILLOS MÁS LARGOS MEDÍAN UNOS 4.2 METROS DE LONGITUD.

Su pelaje exterior medía un metro de largo. Debajo de éste había un pelaje corto y una capa de 10 centímetros de grasa bajo la piel.

Así te verías junto a un mamut lanudo.

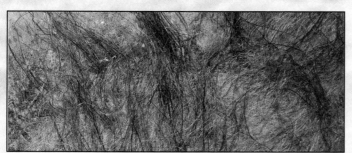

Los mamuts lanudos vivieron durante las últimas glaciaciones y eran parecidos a los elefantes asiáticos, pero estaban adaptados al frío. Los cubría un pelaje marrón oscuro. Una gruesa capa de grasa los hacía ver aún más grandes. Ambos sexos estaban dotados de largos colmillos que los ayudaban a sobrevivir en su mundo congelado y a defenderse de sus muchos depredadores. A diferencia de los elefantes modernos, tenían orejas pequeñas y una cola corta para reducir la pérdida de calor y el riesgo de congelación. La forma de la punta de su trompa les permitía arrancar la vegetación que crecía en la estepa.

Los mamuts lanudos adultos debían comer más de 200 kg de alimento al día. Sus molares estaban cubiertos de crestas endurecidas para triturar los duros tallos vegetales y las cortezas. Cambiaban de molares seis veces. Los científicos pueden calcular la edad de los mamuts al contar los anillos de crecimiento en un corte transversal de sus dientes. Los mamuts más viejos alcanzaban los 60 años.

Un molar de mamut.

Se cree que, al igual que los elefantes modernos, los mamuts formaban manadas sociales lideradas por una matriarca vieja. Los machos solitarios las buscaban durante la época de apareamiento.

MAMUT LANUDO EN LOS PASTIZALES DE LA ANTIGUA EUROPA

INVIERNO, NORTE DE EUROPA, HACE 150 000 AÑOS.

UNA MANADA DE MAMUTS LANUDOS LLEVA SEIS SEMANAS VIAJANDO HACIA EL SUROESTE EN BUSCA DE PASTIZALES MÁS TEMPLADOS.

HAN ENFRENTADO MANADAS FAMÉLICAS DE TIGRES DIENTES DE SABLE...

...Y DESAFIADO ESPANTOSAS TORMENTAS.

AQUÍ EL SUELO NO ESTÁ TOTALMENTE CONGELADO COMO EN EL NORTE. LA MATRIARCA USA SU TROMPA PARA ARRANCAR UN RACIMO DE RICAS PLANTAS DEL SUELO.

USA SU SEXTO Y ÚLTIMO JUEGO DE MOLARES PARA TRITURAR LA VEGETACIÓN.

CUANDO SE DESGASTEN SU VIDA LLEGARÁ A SU FIN. PERO SÓLO TIENE 50 PRIMAVERAS Y AÚN LE QUEDAN UNOS AÑOS MÁS.

LOS MAMUTS COMPARTEN LOS PASTIZALES CON OTROS ANIMALES DE PASTOREO: RENOS Y CABALLOS ANTIGUOS, PELUDOS BUEYES ALMIZCLEROS Y RINOCERONTES LANUDOS.

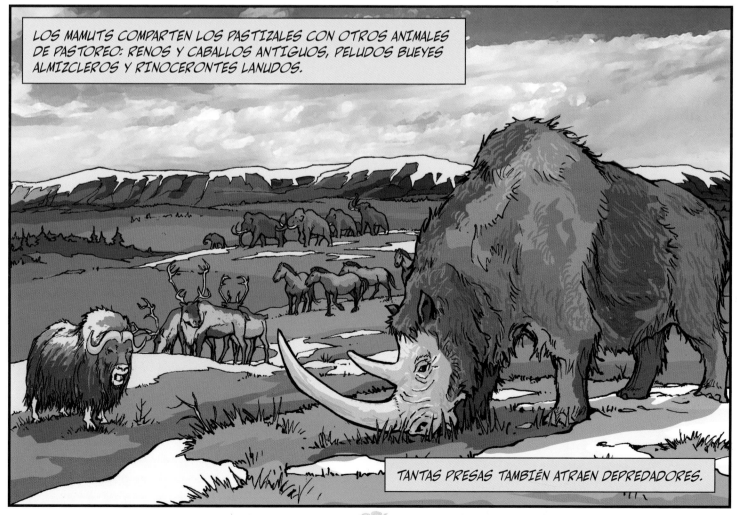

TANTAS PRESAS TAMBIÉN ATRAEN DEPREDADORES.

EN SU CAMINO HACIA EL RÍO PASAN CERCA DE UNA MANADA DE LEONES DE LAS CAVERNAS CON SU CAZA.

LOS LEONES COMERÁN HASTA LLENARSE Y VOLVERÁN A DORMIR A SUS HOGARES EN LAS LADERAS ROCOSAS.

CERCA, LAS HIENAS MOTEADAS ESPERAN LAS SOBRAS. SE ANIMAN ENTRE ELLAS PARA ACERCARSE A ROBAR UN PEDAZO.

LA MATRIARCA GUÍA A LA MANADA POR LA PARTE MÁS ANGOSTA DEL RÍO.

LA CRÍA SE AFERRA DE LA COLA DE SU MADRE. SUS PIES CASI NO TOCAN EL FONDO.

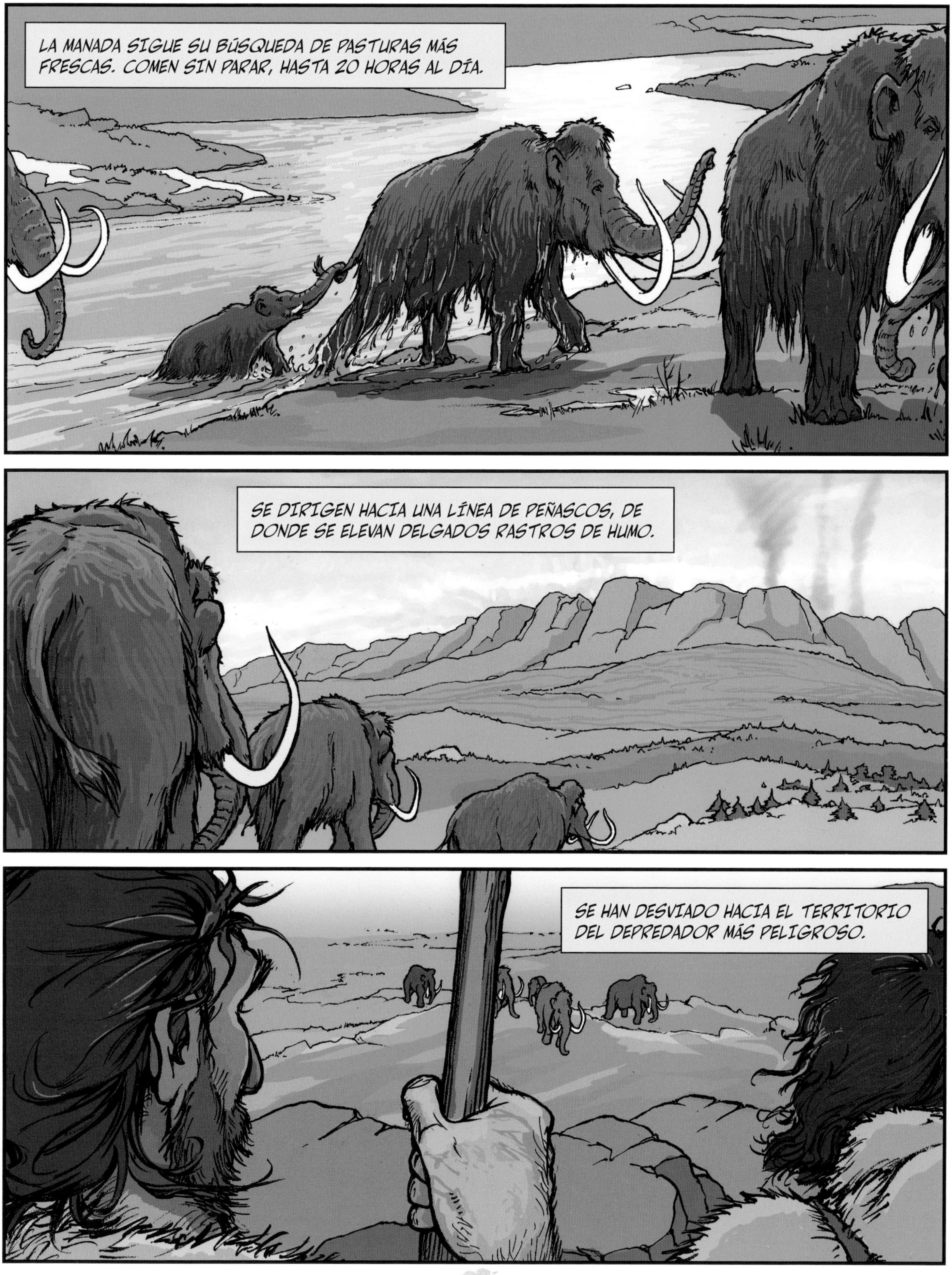
LA MANADA SIGUE SU BÚSQUEDA DE PASTURAS MÁS FRESCAS. COMEN SIN PARAR, HASTA 20 HORAS AL DÍA.
SE DIRIGEN HACIA UNA LÍNEA DE PEÑASCOS, DE DONDE SE ELEVAN DELGADOS RASTROS DE HUMO.
SE HAN DESVIADO HACIA EL TERRITORIO DEL DEPREDADOR MÁS PELIGROSO.

UN GRUPO DE CAZADORES NEANDERTALES SE ESCABULLE EN LAS ROCAS, CUIDANDO DE NO SER VISTO POR LOS MAMUTS QUE PASAN DEBAJO.

SU ETERNA BÚSQUEDA DE PASTURAS HA LLEVADO A LA MANADA A UN LUGAR TRAICIONERO.

ESTÁN EN UNA ZONA DE CAÑONES Y CALLEJONES SIN SALIDA. ES UNA TRAMPA HECHA POR LA NATURALEZA.

LOS CAZADORES LLEGAN AL FONDO DEL VALLE Y SACAN LA YESCA PARA PRENDER FUEGO, PERO LES CUESTA MANTENERLO ENCENDIDO: LA BRISA ARRECIA.

EL LÍDER DEL GRUPO MIRA HACIA EL NORTE, EN LA DIRECCIÓN DEL VIENTO.

LAS MONTAÑAS HAN DESAPARECIDO EN EL HORIZONTE. UNA TORMENTA DE ARENA SE DIRIGE HACIA ELLOS.

PERO LA CACERÍA DEBE CONTINUAR. LOS MAMUTS ESTÁN JUSTO DONDE LOS QUIEREN. ÉSTA PUEDE SER SU ÚNICA OPORTUNIDAD DE LA TEMPORADA.

EN UNAS CUEVAS DEL OTRO LADO DE LA COLINA LA FAMILIA DE LOS CAZADORES PREPARA EL FUEGO Y AFILA LAS HERRAMIENTAS DE CORTE. ALLÍ DESTAZARÁN A SUS PRESAS.

MIENTRAS TANTO, LA CRÍA SIGUE A LA MATRIARCA HACIA UN CAÑÓN LATERAL.

LA CRÍA SE DETIENE. LA SORPRENDIÓ UN ÁGUILA REAL QUE HA CAPTURADO UNA LIEBRE.

LA MATRIARCA SE HA ADELANTADO. OLFATEA EL AIRE, BUSCANDO EL RASTRO DE LA MANADA.

SNIF SNIF

ENCUENTRA SU RASTRO Y TAMBIÉN OTRO OLOR.

UN EXTRAÑO OLOR PORCINO...

LAS SENSIBLES ALMOHADILLAS DE SUS PIES DETECTAN LEVES MOVIMIENTOS. ES EL SONIDO DE ANIMALITOS QUE SE MUEVEN.

ASUSTADA, SALE CORRIENDO DEL CAÑÓN, SIGUIENDO EL RASTRO DE OLOR DE LA MANADA, JUSTO CUANDO EL GRUPO DE CAZADORES APARECE EN LAS ROCAS TRAS ELLA.

AL VER A LOS HOMBRES, LA MATRIARCA EMITE UNA LLAMADA DE AUXILIO.

¡BARRUUUUUM!

HUYE EN DIRECCIÓN CONTRARIA A LA FILA DE HUMANOS.

PERO EL FINAL DEL CAÑÓN ESTÁ BLOQUEADO POR UNA ALTA PARED. NO HAY SALIDA.

LA MATRIARCA GIRA Y SE ABALANZA CONTRA LOS CAZADORES, PERO LA RECHAZAN CON SUS ANTORCHAS.

DA VUELTAS EN CÍRCULOS Y GRITA ASUSTADA, PERO EL RUIDO DEL VIENTO Y LOS MUROS DEL CAÑÓN IMPIDEN QUE LA MANADA LA OIGA. LOS NEANDERTALES SE EMPEÑAN EN DERRIBARLA.

LA CRÍA BUSCA DESESPERADA UNA SEÑAL DE SU MADRE ENTRE LAS ROCAS. EL VIENTO LANZA POLVO Y ESCOMBROS SOBRE LA CIMA DEL CAÑÓN.

POR FIN, LOGRA VERLA Y CHILLA. SU MADRE BARRITA.

PERO NO LE RESPONDE A LA CRÍA: ESTÁ MANDANDO UNA ALERTA.

OTRO GRUPO DE CAZADORES NEANDERTALES ESPERA EN LA CUMBRE.

LA TORMENTA DE ARENA LLEGA A LA PLANICIE. LOS ANIMALES BUSCAN REFUGIO. UN CHORRO DE AGUA EMERGE DEL RÍO.

EN LA CIMA, LOS CAZADORES SE RETIRAN PARA BUSCAR REFUGIO CUANDO CAE LA TORMENTA.

LA TORMENTA ESTÁ SOBRE ELLOS. LA CRÍA PUEDE SENTIR CÓMO EL VIENTO LA ELEVA LIGERAMENTE. PASAN REMOLINOS DE ESCOMBROS. EL AULLIDO DEL VIENTO ES ENSORDECEDOR. EL POLVO HIERE SUS OJOS.

LA CRÍA CORRE A CIEGAS.

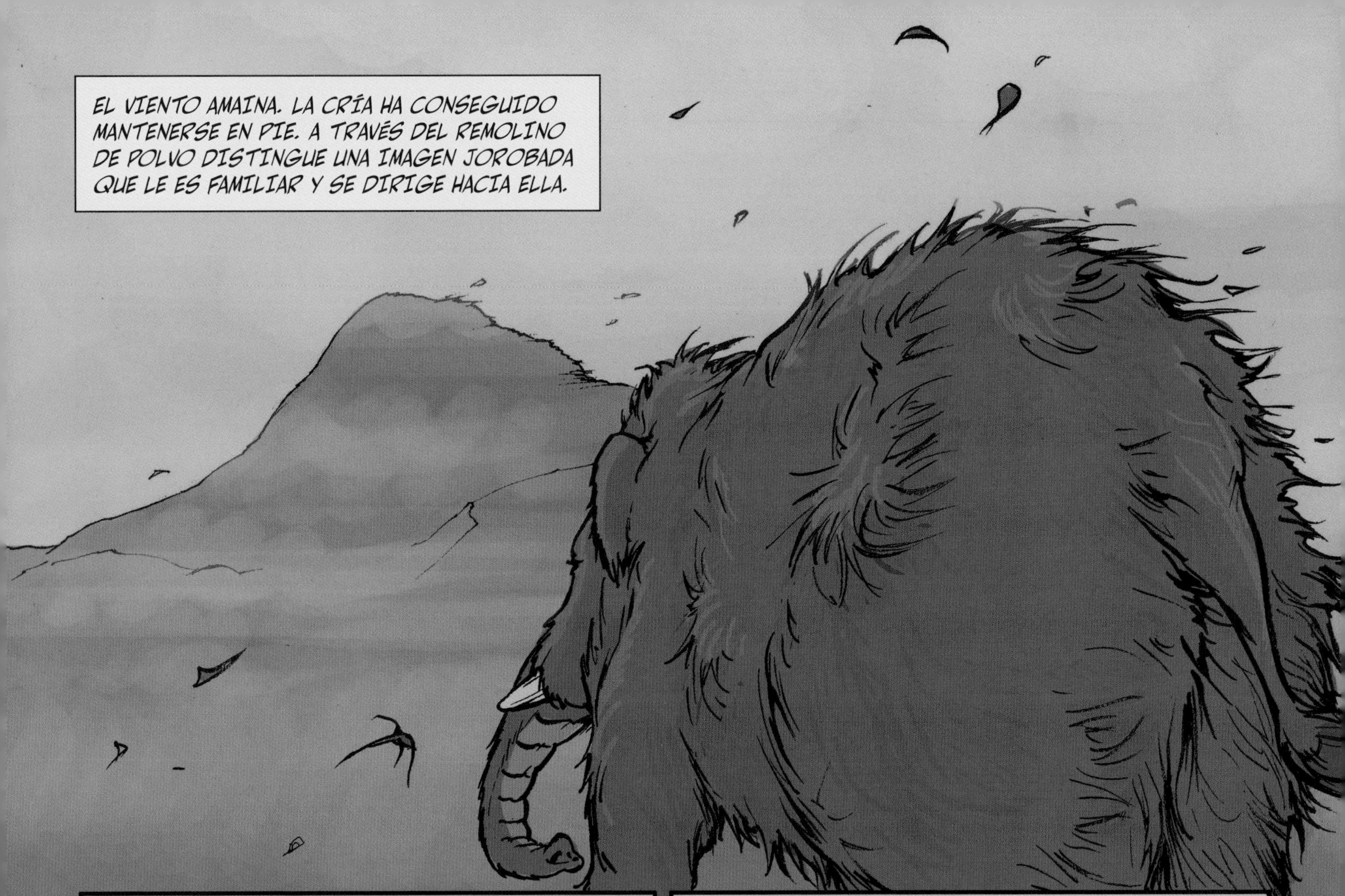
EL VIENTO AMAINA. LA CRÍA HA CONSEGUIDO MANTENERSE EN PIE. A TRAVÉS DEL REMOLINO DE POLVO DISTINGUE UNA IMAGEN JOROBADA QUE LE ES FAMILIAR Y SE DIRIGE HACIA ELLA.

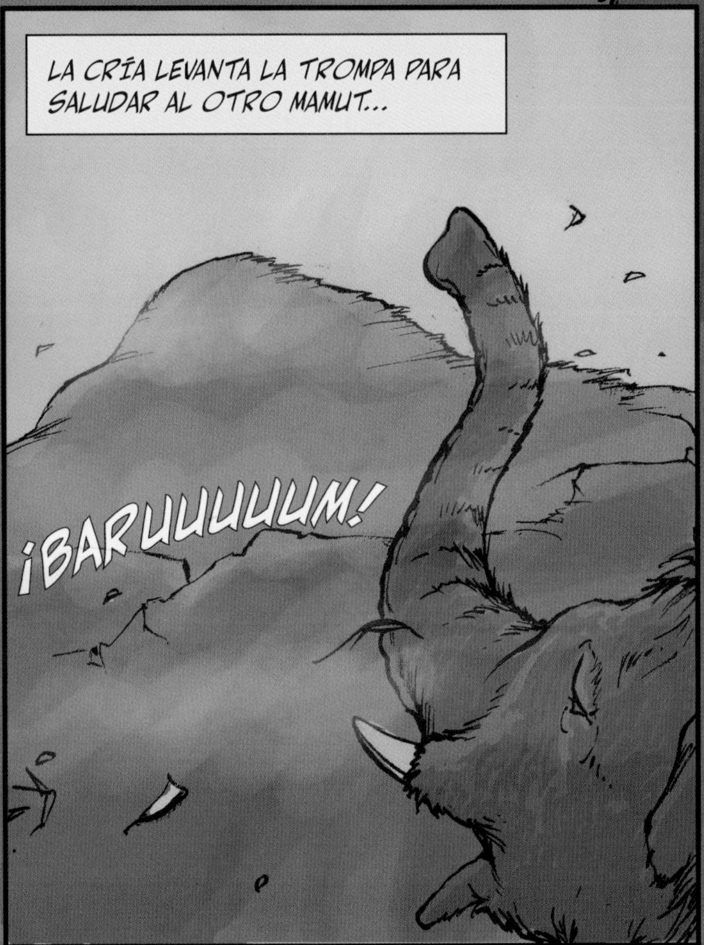
LA CRÍA LEVANTA LA TROMPA PARA SALUDAR AL OTRO MAMUT...
¡BARUUUUUM!

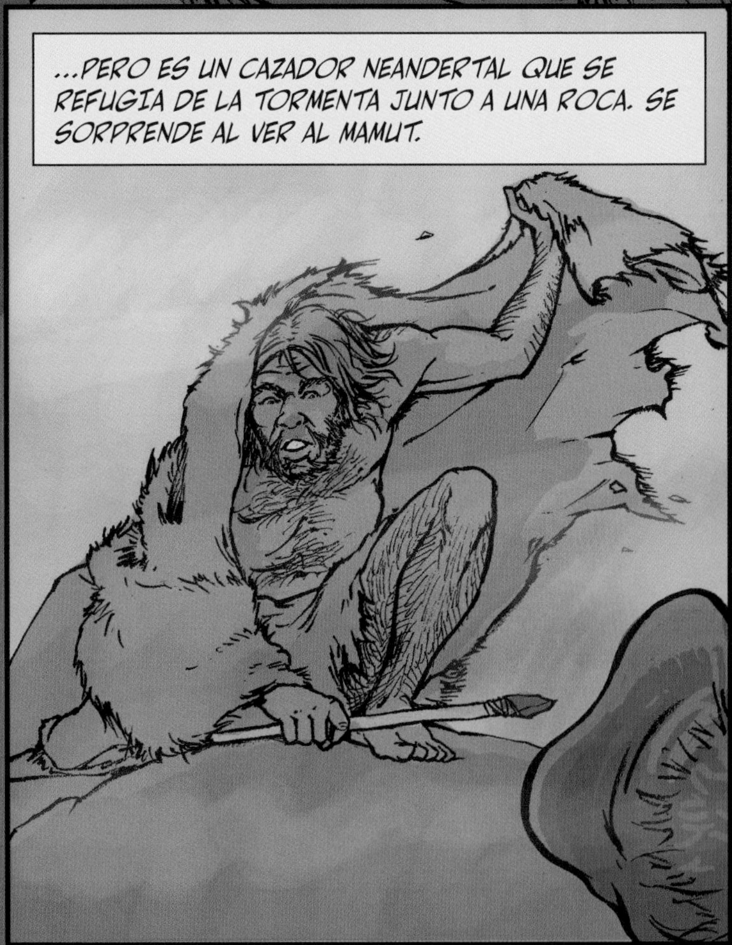
...PERO ES UN CAZADOR NEANDERTAL QUE SE REFUGIA DE LA TORMENTA JUNTO A UNA ROCA. SE SORPRENDE AL VER AL MAMUT.

PERO PRONTO SE RECUPERA.
LANZA SU CAPA A UN LADO Y ALZA
SU LANZA CON PUNTA DE PEDERNAL.
SI LOGRA INMOVILIZAR A LA CRÍA
LLAMARÁ A LOS DEMÁS PARA QUE
LO AYUDEN A MATARLA.

EL CAZADOR SOSTIENE LA LANZA LISTO PARA ATACAR.
ESPERA A VER HACIA QUÉ LADO IRÁ EL MAMUT.

EN ESE INSTANTE VE UN RÁPIDO
MOVIMIENTO CON EL RABILLO
DEL OJO DERECHO Y GIRA PARA
VER QUÉ ES.

GRROAAAR

UN LEÓN DE LAS CAVERNAS SE ABALANZA SOBRE EL NEANDERTAL Y LO DERRIBA.

EL LEÓN MERODEABA CUEVAS EN BUSCA DE OSEZNOS DESPROTEGIDOS. EL FELINO ESTÁ DE SUERTE, PUES LOS HUMANOS POR LO GENERAL NO VIAJAN SOLOS.

MATA RÁPIDAMENTE AL HUMANO CON UNA PODEROSA MORDIDA EN LA GARGANTA.

MIENTRAS EL LEÓN ESTÁ OCUPADO COMIENDO, LA CRÍA DE MAMUT ESCAPA.

SE ECHA A CORRER, DESESPERADA POR ENCONTRAR ALGÚN AROMA DE LA MANADA.

PERO TODAVÍA NO ESTÁ FUERA DE PELIGRO. LOS LEONES NO SUELEN CAZAR SOLOS.

DE PRONTO LLEGA AL BORDE DE UN PRECIPICIO MUY ALTO. ABAJO HAY ROCAS Y UN ARROYO.

UNA LEONA APARECE SOBRE UNA ROCA Y SE PREPARA PARA SALTAR.

LA CRÍA ESTÁ ATRAPADA. GRITA DESESPERADA, PERO ¿ALGUIEN PODRÁ ESCUCHARLA? SIENTE QUE PASÓ UNA ETERNIDAD DESDE LA ÚLTIMA VEZ QUE VIO A SU MANADA.

GROAAR

¡BARUUUUM!

LA LEONA DE LAS CAVERNAS SE ABALANZA HACIA EL LOMO DE LA CRÍA.

PERO ALGO DURO Y BLANCO SE INTERPONE.

CLOMP

¡ES LA MADRE DE LA CRÍA! POR FIN ESCUCHÓ LOS LLAMADOS DE LA PEQUEÑA Y CORRIÓ AL RESCATE. LA LEONA CUELGA DE SU COLMILLO E INTENTA LANZAR ZARPAZOS A LA CARA DE LA MAMUT, PERO ES INÚTIL.

LA MADRE LANZA AL GRAN FELINO HACIA EL DESFILADERO.

LA MANADA ABANDONA LENTAMENTE LAS TIERRAS YERMAS.
TODOS SUS INTEGRANTES CONSIGUIERON SOBREVIVIR MENOS LA MATRIARCA, QUE SE CONVIRTIÓ EN ALIMENTO PARA LA GENTE DE LAS CAVERNAS.

EN PRIMAVERA LA MANADA DE MAMUTS EMPRENDERÁ EL REGRESO A SUS PASTURAS DE VERANO EN EL NORTE CONGELADO. ESTARÁN LEJOS DE LA AMENAZA DEL HOMBRE HASTA EL INVIERNO SIGUIENTE, CUANDO LAS VENTISCAS GLACIALES LA LLEVEN DE NUEVO HACIA EL SUR EN SU PELIGROSA TRAVESÍA.

¡BRUUUUM!

LOS RESTOS FÓSILES

LOS CIENTÍFICOS HAN DESCUBIERTO CÓMO ERAN LOS ANIMALES ANTIGUOS GRACIAS AL ESTUDIO DE SUS RESTOS FÓSILES. LOS FÓSILES SE FORMAN A LO LARGO DE MILLONES DE AÑOS, CUANDO ANIMALES O PLANTAS QUE QUEDAN SEPULTADOS SE CONVIERTEN EN ROCA.

Se han encontrado fósiles de mamut lanudo desde América del Norte hasta China, incluso en el fondo del Mar del Norte (que era tierra firme durante las glaciaciones más frías). Mucho antes de que los **paleontólogos** buscaran restos de mamut, la gente de la antigüedad recolectaba sus valiosos trozos de marfil fosilizado.

En el permafrost se han hallado algunos restos de mamut momificados y congelados que conservan la carne, la piel, el pelaje y hasta el contenido del estómago.

"Dima" es un mamut congelado de siete meses de edad que fue encontrado en Siberia.

Durante las dos últimas grandes glaciaciones, los mamuts coexistieron con los humanos neandertales y **cromañones.** Lo sabemos por grupos de huesos que muestran marcas de cortes o desmembramiento hallados en antiguos asentamientos humanos. Los primeros humanos también representaron mamuts en arte rupestre y en pequeñas esculturas de piedra. En Siberia se usaron huesos, colmillos y pieles de mamut para construir refugios.

"Oscar" es el mamut lanudo fósil más grande.

GALERÍA ANIMAL

Busca los **animales** que aparecen en la historia.

Liebre de montaña
Lepus timidus
Longitud: 65 cm
Una liebre típica adaptada a los duros hábitats
polares y de la tundra. Aún existe.

Águila real
Aquila chrysaetos
Envergadura: 2.3 m
Una majestuosa ave de presa con garras inmensas.
Es el águila moderna más extendida de la Tierra.

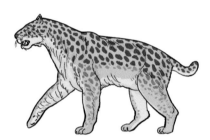

Tigre dientes de sable
Homotherium
Longitud: 1.6 m
Un felino del tamaño de un león que corría y
cazaba como un guepardo y tenía dos dientes
caninos extra grandes.

Neandertal
Homo neanderthalensis
Altura: hasta 1.6 m
La única especie conocida de humano que era más fuerte
que los cromañones, y con un cerebro mayor. Hacía
fuego y herramientas de piedra. Era cazadora
y se extinguió hace unos 40 000 años.

Buey almizclero
Ovibos moschatus
Longitud: 1.4-2.5 m
Un buey de cabeza grande
con grueso pelaje,
que todavía existe.

Rinoceronte lanudo
Coelodonta antiquitatis
Longitud: 3-3.8 m
Parecido a un rinoceronte africano
moderno, pero adaptado al frío.

León de las cavernas
Panthera leo spelaea
Longitud: 2.1 m
Uno de los leones más grandes
que han existido. Tal vez tenía
un pelaje moteado.

GLOSARIO

canino	Diente puntiagudo de los carnívoros utilizado para arrancar la carne de otros animales.
Cromañón	El tipo más antiguo de humano moderno, que apareció hace 35 000 años.
depredador	Un animal que, por naturaleza, caza otros animales para alimentarse.
estepa	Un área grande de pastizal plano sin bosque.
Holoceno, periodo	Periodo que comprende desde hace 10 000 años hasta la fecha.
incisivo	Diente de borde angosto que se halla en el frente de la boca.
molar	Diente ancho situado junto a las mejillas que se usa para masticar.
momia	Cuerpo deshidratado y bien conservado.
Neandertal	Una especie extinta de humano.
paleontólogo	Científico que estudia los fósiles.
permafrost	Una capa gruesa de subsuelo que permanece congelada durante todo el año.
Pleistoceno, periodo	Periodo que transcurrió entre 1 640 000 y 10 000 años atrás, marcado por una serie de glaciaciones.
tundra	Pastizal plano vasto y sin árboles sobre el permafrost.

ÍNDICE